저만 알던 거인

Oscar Wilde
THE SELFISH GIANT

Translated by Mi-Rim Lee
Illustrated by Sung-Ran Chang

© Benedict Press, Waegwan, Korea 1977

저만 알던 거인
1977년 9월 초판 | 2017년 4월 22쇄
옮긴이 · 이미림 | 펴낸이 · 박현동
ⓒ 분도출판사
등록 · 1962년 5월 7일 라15호
39889 경북 칠곡군 왜관읍 관문로 61
출판사업부 · 전화 02-2266-3605 · 팩스 02-2271-3605
인쇄사업부 · 전화 054-970-2400 · 팩스 054-971-0179
www.bundobook.co.kr
ISBN 89-419-7156-X 04840

저만 알던 거인

오스카 와일드 지음

이 미 림 옮김

학교

아이들은
매일 오후
학교에서 돌아오는 길에
거인의 정원에 들러 놀곤 했습니다.

그곳은 부드러운 푸른 잔디가 있는
커다랗고 아름다운 정원이었습니다.
풀 위 여기저기 별처럼 아름다운 꽃들이 피었고,

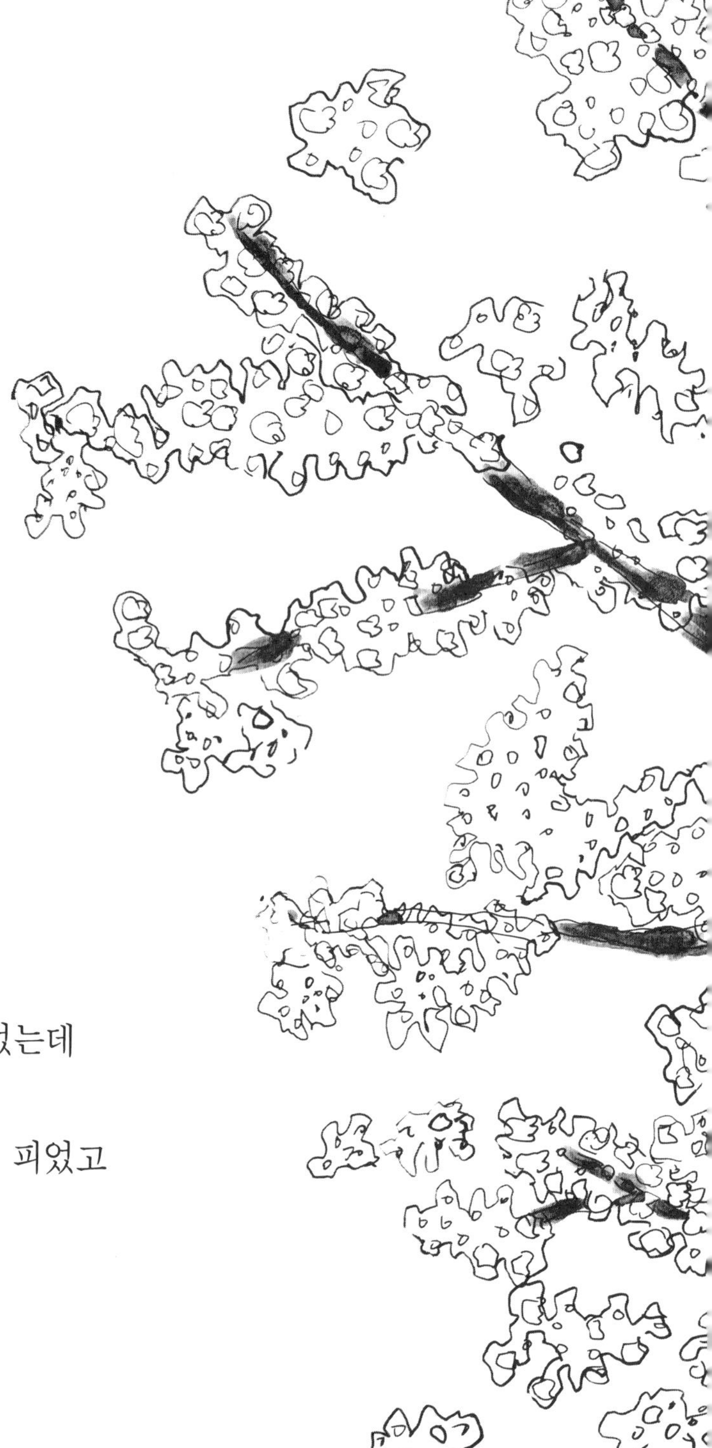

복숭아 나무가 열두 그루 있었는데
봄이면
곱디고운 뽀얀 연분홍 꽃들이 피었고
가을이면
탐스러운 열매가 달렸습니다.

새들은 나무에 앉아 아주 정답게 노래를 불렀고
아이들은 노는 것도 잊어버리고
그 노래 소리를 듣곤 했습니다.
아이들은
"여기서 노니까 참 좋다." 하며 좋아들 했습니다.

어느 날 거인이 돌아왔습니다.
그는 멀리 있는 친구를 찾아가
7년 동안이나 함께 지냈습니다.

7년이 지나자
그는 이야깃거리가 떨어져서
자기 집으로 돌아가기로 했던 것입니다.

거인이 돌아와 보니
자기 정원에는 아이들이 놀고 있었습니다.

"너희들 여기서 뭘 하는 거냐?"
거인은 몹시 거친 목소리로 소리질렀습니다.
그래서 아이들은 모두 도망갔습니다.

"이 정원은 **내것**이야! 알았지!
그러니까 이제부터는
아무도 여기서 놀아선 안돼." 하고
거인은 말했습니다.

그리고 거인은
정원 주위에다 높은 담을 빙 둘러 쌓고서
'함부로 들어오면 고발하겠음' 이라는
팻말을 써 붙였습니다.
정말이지 저밖에 모르는 거인이었습니다.

가엾은 아이들은 이젠 놀 곳이 없었습니다.
길가에서 놀아 보았지만
아주 먼지가 많고 돌멩이투성이라서
놀기에 좋지 않았습니다.

공부가 끝나면
아이들은 그 높은 담 주위를 빙빙 돌면서
"저기서 놀 때는 참 좋았었지." 하며
그 안에 있는 아름다운 정원 이야기를 주고받았습니다.

함부로
들어 오면
고발하겠음

봄이 왔습니다.
온 마을은 작은 꽃과 새들로 가득했습니다.

그런데
저만 아는 거인의 정원은 아직도 겨울이었습니다.
새들은 아이들이 없는 그 정원에서
노래할 마음이 없었고
나무들은 꽃 피우는 걸 잊었습니다.

한번은
예쁜 꽃이
잔디풀 사이로 머리를 내밀었다가
거인이 써 붙인 팻말을 보고는
아이들을 퍽 가엾게 생각하면서
다시 땅 속으로 들어가 잠을 잤습니다.

이곳을 좋아한 것은 오직 눈과 서리였습니다.
"봄이 이 정원을 잊어버렸군.
그러니 우리가 일 년 내내 여기서 살아야겠다." 하고
외쳤습니다.

눈은 그의 하얀 옷으로 풀을 덮었고
서리는 모든 나무를 은빛으로 칠했습니다.

그러고는 북녘바람을
함께 지내자고 초대했습니다.
북녘바람이 왔습니다.
북녘바람은
하루 종일 으르렁대고 정원을 돌아다니며
굴뚝 뚜껑을 날려 버렸습니다.

"여긴 참 신나는 곳인데.
우리, 우박도 놀러 오라고 해야 되겠다."
그래서 우박이 왔습니다.
우박은 기왓장이 다 깨질 때까지
지붕을 두들겨 대었고,
있는 힘을 다해서
정원을 바삐 뛰어 돌아다녔습니다.

회색 옷을 입은 우박의 숨결은
얼음같이 차가웠습니다.

"왜 이렇게 봄이 늦는지 도무지 알 수가 없군."

저만 아는 거인은 창가에 앉아
춥고 하얀 정원을 내다보며 말했습니다.
"이놈의 날씨 좀 안 바뀌나!"

그러나
봄도 여름도 결코 오지 않았습니다.
가을은
모든 정원에 황금빛 과일을 주었으나
거인의 정원에는
아무 것도 주지 않았습니다.
"그 거인은 너무 저밖에 몰라." 하고
가을은 말했습니다.

그래서 그곳은 늘 겨울이었습니다.
그리고 북녘바람과 우박과 서리와
눈만이 나무 사이에서 춤을 추었습니다.

어느 날 아침
잠이 깨어 자리에 누워 있던 거인은
아름다운 음악을 들었습니다.
그 소리가 어찌나 아름답게 들리던지
임금님의 음악대가 지나가고 있는 것이
틀림없다고 여겼습니다.

사실은 작은 방울새 한 마리가
창가에서 노래를 했을 뿐인데,
정원에서 새 우는 소리를 들은 지가
퍽 오래 되었기 때문에 그 소리가
세상에서 가장 아름다운 음악 같았습니다.

그러자
우박이 머리 위에서 춤추기를 그치고
북녘바람도 이젠 으르렁거리지를 않았으며
열린 창문으로는 달콤한 향기가 흘러들어왔습니다.

거인은
"오, 이제야 봄이 왔구나." 하며
침대에서 뛰어 일어나 밖을 내다보았습니다.

무엇을 보았을까요?

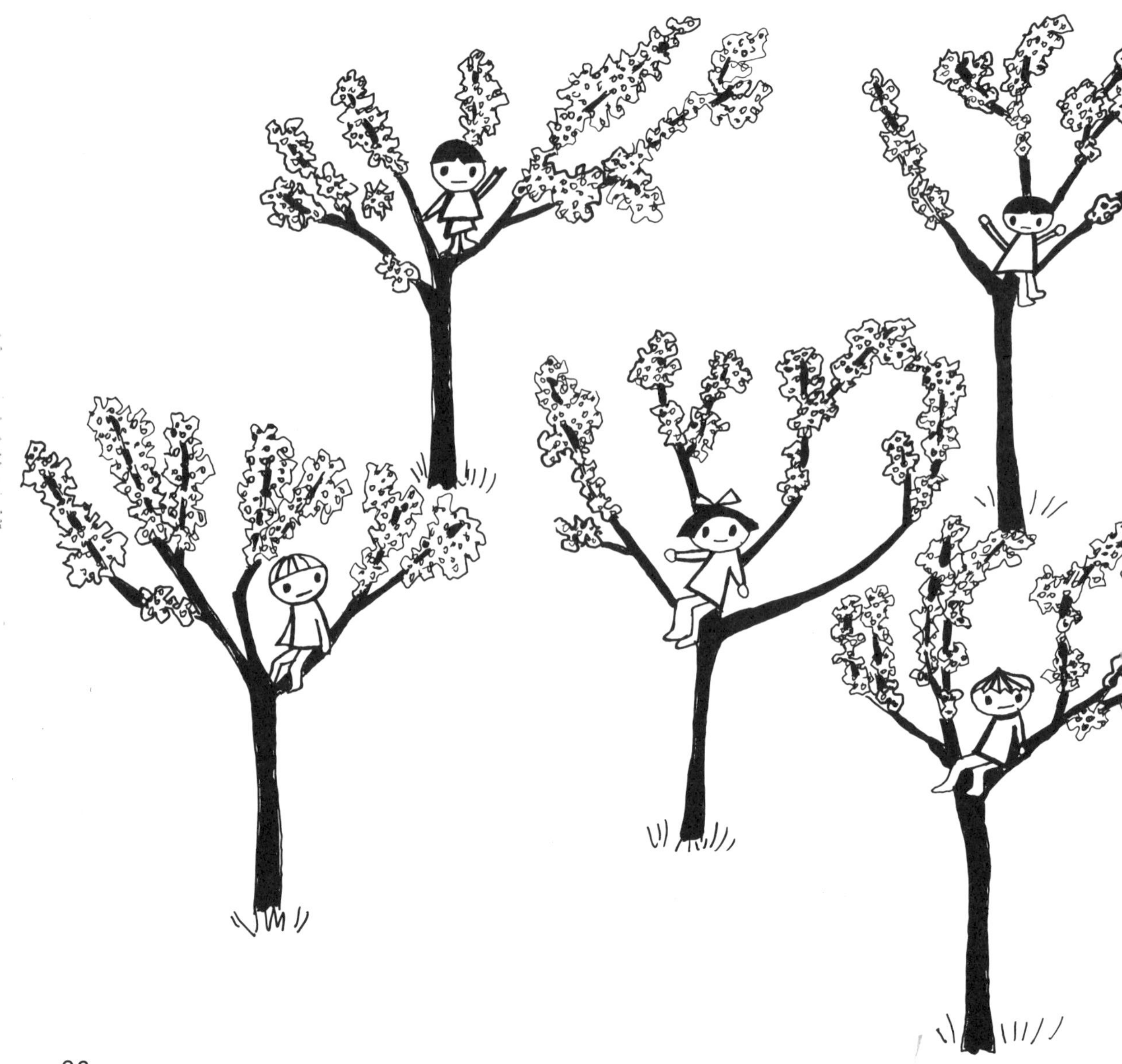

그는 굉장히 놀라운 광경을 보았습니다.
정원에는 아이들이 담에 뚫린
작은 구멍으로 기어들어와 있었습니다.
그리고 나뭇가지에 올라앉아들 있었습니다.

나무들은
아이들이 다시 돌아온 것을 매우 기뻐하면서
꽃으로 단장하고는,
아이들 머리 위로
가지를 부드럽게 흔들어 주고 있었습니다.
새들은 즐겁게 재잘거리며 날아다니고
꽃들도 잔디풀 사이에서 쳐다보며 웃고 있었습니다.

사랑스러운 장면이었습니다.

그러나 마당 한구석은 아직도 겨울이었습니다.
거기엔 작은 아이가 하나 서 있었습니다.

그 아이는 아주 키가 작아 나무에 손이 닿지 않았습니다.
그는 그 나무 주위를 돌면서 엉엉 울고 있었습니다.

가엾은 그 나무는 아직 온통 서리와 눈으로 덮여 있었고,
그 위로는 북녘바람이 으르렁댔습니다.
"꼬마야, 올라와 보렴." 하며
나무는 굽힐 수 있는 데까지 가지를 아래로 드리웠습니다.
하지만 그 소년은 키가 너무 작았습니다.

그것을 본 거인은 가엾다는 생각이 들었습니다.
"나는 이제까지 나밖에 몰랐었구나.
이제야 왜 이곳에만 봄이 오지 않았는지 알겠군.
저 가엾은 꼬마를 나무 위에 올려 주어야지.
그리고 저 담은 다 부숴 버릴 테야.
이제부터 내 정원은 언제까지나
아이들의 놀이터가 되게 할 테다."

거인은 지금까지 자기가 한 일에 대해서 뉘우쳤습니다.
그리고 아이들에게 퍽 미안하게 생각했습니다.

그래서 그는 아래층으로 살며시 내려가
현관문을 살짝 열고 정원으로 나갔습니다.

그러나 아이들은 거인을 보자
겁에 질려 모두 달아나 버렸고,
정원은 다시 겨울이 되었습니다.

하지만
그 작은 아이만은 도망가지 않았습니다.
눈에 눈물이 가득 고여서
거인이 오는 것을 못 보았던 것입니다.

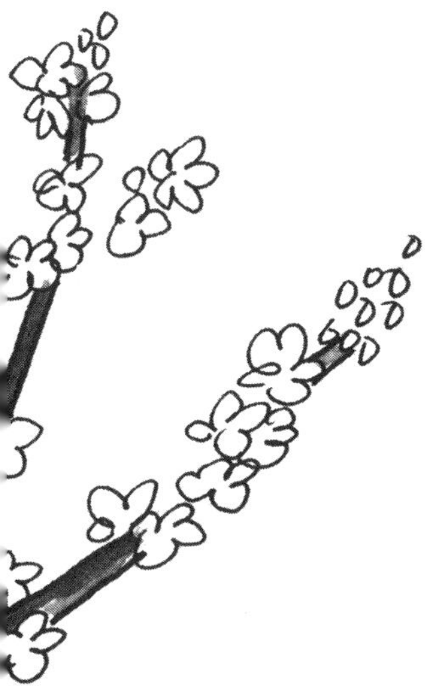

거인은
그 아이 뒤로 성큼성큼 걸어가서
그 아이를 한 손에 살며시 안아
나무 위에 올려 놓았습니다.

그러자 즉시
그 나무에는 꽃이 피고,
새들이 날아와 노래를 불렀습니다.

그리고
그 작은 애는 두 팔을 뻗쳐
거인의 목을 끌어안고 뽀뽀를 했습니다.

이것을 본 다른 아이들도
이젠 거인이 그전같이
마음이 고약하지 않다는 것을 알고는 달려왔습니다.
그러자 봄도 함께 왔습니다.
거인은
"애들아, 이제 이곳은 너희들의 정원이란다." 하면서,
커다란 도끼를 들고 와 담을 부숴 버렸습니다.

그리고
동네 사람들은 시장 가는 길에
생전 처음 보는 아름다운 정원에서
거인이 아이들과 함께 놀고 있는 것을 보았습니다.

아이들은 하루 종일 놀았습니다.
그리고 저녁에는
거인에게 와서 "안녕" 하고 인사를 했습니다.

"그런데 말야, 그 꼬마친구는 어디 있지." 하고
거인은 말했습니다.
"내가 나무 위에 올려 준 애 말이다."

거인은 그 아이를 제일 사랑했습니다.
자기한테 뽀뽀를 해 주었기 때문이지요.

"몰라요, 그 아이는 갔어요." 하고
아이들은 대답했습니다.

거인은
"너희들 그 아이한테
내일은 꼭 여기 놀러 오라고 전해 다오."
하고 말했습니다.
그러나 아이들은 그 아이가 어디 사는지 모르며
처음 보는 아이라고 말했습니다.

그러자 거인은 몹시 쓸쓸해졌습니다.

매일 오후 학교가 끝나면
아이들이 와서 거인하고 놀았습니다.
그러나 거인이 사랑하는 그 작은 아이는
다신 오지 않았습니다.

거인은 모든 아이들에게 매우 친절했습니다.
하지만 처음 사귄 그 꼬마친구를 보고 싶어했고
"그 아이가 참 보고 싶구나." 하고
이따금 그 아이 얘기를 하곤 했습니다.

세월은 흘러
거인은 아주 늙고 쇠약해졌습니다.

이제는 아이들과 함께 놀 수도 없어서
커다란 안락의자에 앉아
정원에서 노는 아이들을 지켜보며 흐뭇해했습니다.

"내게는 아름다운 꽃이 많구나.
하지만 그 중에서도 가장 아름다운 꽃은 아이들이야."

어느 겨울 아침
거인은 옷을 입으면서 창 밖을 내다보았습니다.
이제는 겨울을 싫어하지 않았습니다.
겨울에는 봄이 잠을 자고
꽃들은 쉬고 있다는 것을 알았기 때문입니다.

갑자기 거인은 놀라서 눈을 비비며
보고 또 보았습니다.
정말 신기한 광경이었습니다.

정원 한구석에 있는 나무 하나가
하얀 아름다운 꽃으로 덮여 있었습니다.
금빛 가지에는 은빛 열매들이 달려 있었고,
바로 그 아래,
그가 보고 싶었던 작은 아이가 서 있었습니다.

거인은 아주 기뻐하며
아래층으로 뛰어내려가서
문을 열고 나갔습니다.
그리고 바삐 정원을 가로질러
그 아이 곁으로 달려갔습니다.

거인은 그 아이 곁으로 가까이 가서
"아니, 네 손발의 그 상처는 어찌된 일이냐?" 하며
화가 나서 얼굴이 빨개지며 말했습니다.

그 아이의 손바닥에는 두 개의 못자국이 있었고
그 작은 발 위에도
두 개의 못자국이 있었기 때문입니다.

"누가 너를 그렇게 했니?"
거인은 소리쳤습니다.
"어서 말해 보렴.
내가 그놈을 한칼에 없애 버리고 말 테다."

"그런 게 아녜요."
그 아이는 말했습니다.
"이건 사랑의 상처예요."

거인은 뭔가 두려워져
"도대체 당신은 누구시지요?" 하면서
그 아이 앞에 무릎을 꿇었습니다.

그 아이는 거인을 보고 웃으며 말했습니다.
"언젠가 한번
나를 당신 정원에서 놀게 해 주신 적이 있었지요.
오늘은 내가 당신을 내 정원으로 모시고 가겠어요.
내 정원은 천당입니다."

그 날 오후
아이들이 달려와 보니
거인은 나무 아래 숨져 누워 있었습니다.

하얀 꽃에 묻혀서 …

THE SELFISH GIANT

By Oscar Wilde

EVERY afternoon, as they were coming from school, the children used to go and play in the Giant's garden.

It was a large lovely garden, with soft green grass. Here and there over the grass stood beautiful flowers like stars, and there were twelve peach-trees that in the springtime broke out into delicate blossoms of pink and pearl, and in the autumn bore rich fruit.

The birds sat on the trees and sang so sweetly that the children used to stop their games to listen to them. "How happy we are here!" they cried to each other.

One day the Giant came back. He had been to visit his friend the Cornish ogre, and had stayed with him for seven years. After the seven years were over he had said all that he had to say, for his conversation was limited, and he determined to return to his own castle. When he arrived he saw the children playing in the garden.

"What are you doing here?" he cried in a very gruff voice, and the children ran away.

"My own garden is my own garden," said the Giant. "Any one can understand that, and I will allow nobody to play in it but myself." So he built a high wall all around it, and put up a notice-board:

TRESPASSERS

WLL BE

PROSECUTED

He was a very selfish giant.

The poor children had now nowhere to play. They tried to play on the road, but the road was very dusty and full of hard stones, and they did not like it. They used to wander round the high wall when their lessons were over, and talk about the beautiful garden inside. "How happy we were there," they said to each other.

Then the Spring came, and all over the country there were little blossoms and little birds. Only in the garden of the Selfish Giant it was still winter. The birds did not care to sing in it, as there were no children, and the trees forgot to blossom.

Once a beautiful flower put its head out from the grass, but when it saw the notice-board it was so sorry for the children that it slipped back into the ground again, and went off to sleep. The only people who were pleased were the Snow and the Frost. "Spring has forgotten this garden," they cried, "so we will live here all the year round."

The Snow covered up the grass with her great white cloak, and the Frost painted all the trees silver. Then they invited the North Wind to stay with them, and he came. He was wrapped in furs, and he roared all day about the garden, and blew the chimney-pots down. "This is a delightful spot," he said; "we must ask the Hail on a visit."

So the Hail came. Every day for three hours he rattled on the roof of the castle till he broke most of the slates, and then he ran round and round the garden as fast as he could go. He was dressed in grey, and his breath was like ice.

"I cannot understand why the Spring is so late in coming," said the Selfish Giant, as he sat at the window and looked out at his cold white garden; "I hope there will be a change in the weather."

But the Spring never came, nor the Summer. The Autumn gave golden fruit to every garden, but to the Giant's garden she gave none. "He is too selfish," she said. So it was always Winter there, and the North Wind, and the Hail, and the Frost, and the Snow danced about through the trees.

24 One morning the Giant was lying awake in bed when he heard some lovely music. It sounded so sweet to his ears that he thought it must be the King's musicians passing by. It was really only a little linnet singing outside his window, but it was so long since he had heard a bird sing in his garden that it seemed to him to be the most beautiful music in the world.

25 Then the Hail stopped dancing over his head, and the North Wind ceased roaring, and a delicious per-
26 fume came to him through the open casement. "I believe the Spring has come at last," said the Giant. and he jumped out of bed and looked out.

What did he see?

29 He saw a most wonderful sight. Through a little hole in the wall the children had crept in, and they were sitting in the branches of the trees. In every tree that he could see, there was a little child. And the trees were so glad to have the children back again that they had covered themselves with blossoms, and were waving their arms gently above the children's heads. The birds were flying about and twittering with delight, and the flowers were looking up through the green grass and laughing.

30 It was a lovely scene, only in one corner it was still Winter. It was the farthest corner of the garden, and in it was standing a little boy. He was so small that he could not reach up to the branches of the

tree, and he was wandering all round it, crying bitterly. The poor tree was still quite covered with frost and snow, and the North Wind was blowing and roaring above it. "Climb up! little boy," said the tree, and it bent its branches down as low as it could; but the boy was too tiny.

And the Giant's heart meited as he looked out. "How selfish I have been!" he said; "now I know why the Spring would not come here. I will put that poor little boy on the top of the tree, and then I will knock down the wall, and my garden shall be the children's playground for ever and ever." He was really very sorry for what he had done.

So he crept down-stairs and opened the front door quite softly, and went out into the garden. But when the children saw him they were so frightened that they all ran away, and the garden became Winter again. Only the little boy did not run, for his eyes were so full of tears that he did not see the Giant coming. And th Giant strode up behind him and took him gently in his hand, and put him up into the tree.

The tree broke at once into blossom, and the birds came and sang on it, and the little boy stretched out his two arms and flung them around the Giant's neck, and kissed him. And the other children, when they saw that the Giant was not wicked any longer, came running back; and with them came the Spring.

"It is your garden now, little children," said the Giant, and he took a great axe and knocked down the wall. And when the people were going to market at twelve o'clock they found the Giant playing with the children in the most beautiful garden they had ever seen.

All day long they played, and in the evening they came to the Giant to bid him good-by.

"But where is your little companion?" he said, "the boy I put into the tree." The Giant loved him the best because he had kissed him.

"We don't know," answered the children. "He has gone away."

"You must tell him to be sure and come here to-morrow," said the Giant. But the children said that they did not know where he lived, and had never seen him before; and the Giant felt very sad.

Every afternoon when school was over, the children came and played with the Giant. But the little boy whom the Giant loved was never seen again. The Giant was very kind to all the children, yet he longed for his first little friend, and often spoke of him. "How I would like to see him!" he used to say.

Years went over, and the Giant grew very old and feeble. He could not play about any more, so he sat in a huge arm-chair, and watched the children at their games, and admired his garden. "I have many beautiful flowers," he said; "but the children are the most beautiful flowers of all."

One winter morning he looked out of his window as he was dressing. He did not hate the Winter now, for he knew that it was merely Spring asleep, and that the flowers were resting.

Suddenly he rubbed his eyes in wonder, and looked and looked. It certainly was a marvellous sight. In the farthest corner of the garden was a tree quite covered with lovely white blossoms. Its branches were all golden, and silver fruit hung down from them, and underneath it stood the little boy he had loved.

Down-stairs ran the Giant in great joy, and out into the garden. He hastened across, and came near to the child. And when he came quite close his face grew red with anger, and he said, "Who hath dared to wound thee?" For on the palms of the child's hands were the prints of two nails, and the prints of two nails on the little feet.

"Who hath dared to wound thee?" cried the Giant. "Tell me, that I may take my big sword and slay him."

"Nay!" answered the child; "but these are the wounds of Love."

"Who art thou?" said the Giant, and a strange

awe fell on him, and he knelt before the little child.

And the child smiled on the Giant, and said to him, "You let me play once in your garden; today you shall come with me to my garden, which is Paradise."

⁶⁰ And when the children ran in that afternoon, they found the Giant lying dead under the tree, all covered with white blossoms.